STAINLESS STEEL TRADERS

सफलता के इन 7 सूत्रों से अपनी बिक्री में वृद्धि करें और अपने व्यापार को शिखर तक पहुँचाए

STAINLESS STEEL TRADERS

सफलता के इन 7 सूत्रों से अपनी बिक्री में वृद्धि करें और अपने व्यापार को शिखर तक पहुँचाए

MANDEEP GOYAL | CA SHALU GOYAL

Worldwide Published by
Pendown Press

PENDOWN PRESS
An ISO 9001 & ISO 14001 Certified Co.,
Regd. Office: 2525/193, 1st Floor, Onkar Nagar-A,
Tri Nagar, Delhi-110035
Ph.: 09350849407, 09312235086
E-mail: info@pendownpress.com
Branch Office: 1A/2A, 20, Hari Sadan, Ansari Road,
Daryaganj, New Delhi–110002
Ph.: 011-45794768
Website: PendownPress.com

Second Edition: 2023

ISBN: 978-93-5554-575-6

Layout and Cover Designed by Pendown Graphics Team
Printed and Bound in India by Thomson Press India Ltd.

विषय-सूची

लेखक परिचय

नमस्ते,

मैं मनदीप गोयल पिछले 27 वर्षों से फैब्रिकेशन की इंडस्ट्री से स्वयं जुड़ा हुआ हूँ। वैसे तो हम इंडस्ट्री से 90 के दशक से जुड़े हुए हैं, जबसे मेरे पिताजी श्री जय भगवान जी गोयल ने MS Casting के काम, Shree Vaishno Foundry Works की शुरूआत की जिसे मैंने 1996 में 11 साल की उम्र में ज्वाइन किया व 2008 में हमने स्टेनलेस स्टील के होलसेल ट्रेडिंग बिजनेस, "Radha Raman Traders" की शुरुआत की।

मैं व्यापारी होने के साथ-साथ एक सामाजिक व धार्मिक कार्यकर्ता भी हूं व वक्ता के रूप में भी जाना जाता हूं। मुझे लोग कम्युनिकेशन का भीष्म पितामह भी कहते हैं, मैं ''राधा रमण ट्रेडर्स'' (RRT) के नाम से दिल्ली में स्टेनलेस स्टील के रॉ मैटेरियल व प्रोडक्ट्स की रिटेलिंग व होलसेलिंग का बिजनेस सफलतापूर्वक कर रहा हूँ।

बचपन से ही मेरी रुचि स्टेनलेस स्टील में थी क्योंकि अपने स्कूल के दिनों से ही मैंने विश्व प्रसिद्ध स्टील टायकून लक्ष्मी मित्तल के बारे में सुन रखा था। तभी मैंने यह फैसला कर लिया था कि मुझे पूरे भारत का स्टील किंग बनना है। मैं उस टाइटल को पाने के लिए जी-तोड़ मेहनत कर रहा हूं और आज हम उसके बहुत ही करीब हैं व मेरी पत्नी सी.ए. शालू गोयल भी मेरे साथ

इस बिज़नस से जुड़ चुकी है व इसे आगे बढ़ाने में मेरा पूरा साथ दे रही है। अब आपको CA के साथ स्टील बिजनेस कुछ अटपटा सा लग रहा होगा। आप ये सोच रहे होंगे कि इन्हें तो फाइनेंस के क्षेत्र में जाना चाहिए था।

मैं शालू गोयल शुरू से ही बिजनेस को लेकर उत्साही रही हूँ। क्योंकि पहले भी मेरा 'बिजनेस बैकग्राउंड' रहा है। मेरे पिताजी का हार्डवेयर का बिजनेस था, और इसमें भी मैंने अपने ज्ञान से भरपूर योगदान दिया। मैंने एक सी.ए. के रूप में अर्जित अपने अनुभव से अपने पिता के बिजनेस को संवारा।

इन्हीं अनुभवों ने मुझे स्टेनलेस स्टील के खरीदारों के लिए कुछ बड़ा और बेहतर करने की प्रेरणा दी। आज मैं अपने 30 साल की विरासत और अनुभव को स्टेनलेस स्टील के अपने बिजनेस को बुलंदियों पर ले जाने और उत्तम क्वालिटी की स्टेनलेस स्टील को जन सुलभ बनाने की दिशा में प्रयत्नशील हूँ।

RRT को आज इस उद्योग के विशेषज्ञ और 'फैब्रीकेटर जगत की आँख के रूप में जाना जाता है। जिसके पास सभी ग्रेड्स में SS के पाइप्स व एक्सेसरीज शीट्स, एंगल्स, रोड्स, पत्ती व फिटिंग का सामान उपलब्ध है। हम 4500 से भी ज्यादा उत्पाद रखते हैं। हम समाधान के रूप में 'एक ही छत के नीचे सभी उत्पाद' की व्यवस्था प्रस्तुत करते हैं, जहाँ हम काटने, वैल्ड करने और पोलिश करने सहित फैब्रिकेशन से जुड़ी स्टेनलेस स्टील का सभी प्रकार का सामान उपलब्ध करवाते हैं जो कि गेट, रेलिंग, ग्रिल, एस.एस. रैक्स, फर्नीचर बनाने में लगता है।

हम अपने व्यापार को नई ऊँचाइयों व मुकाम पर पहुँचाने के लिए इंडिया के बेस्ट व टॉप बिजनेस कोचेज, मेंटर्स व मार्केटिंग के चाणक्य से कोचिंग ले रहे हैं।

भारत में हम अभी तक पहली व इकलौती दुकान हैं जहाँ इतनी वैरायटी में सभी क्वांटिटी व क्वालिटी में सामान उपलब्ध करवाते हैं जो गेट, रेलिंग, ग्रिल, S.S. रैक्स, फर्नीचर बनाने में लगता है।

आभार

हम उन लोगों के प्रति अपना आभार व्यक्त करना चाहते हैं जिन्होंने इस पुस्तक को इसके वर्तमान स्वरूप तक लाने में हमारी मदद की। हम उन सभी के प्रति दिल की गहराइयों से शुक्रगुजार हैं जिन्होंने अपनी अपनी क्षमता और ज्ञान के अनुसार इस पुस्तक में योगदान दिया, पुस्तक के कंटेंट को पढ़ा, उन पर अपना मंतव्य (कमेंट) दिया, उनके बारे में बातें की, उसे 'रिवाइज' करवाया, हमें उनके द्वारा दिए गए रिमार्क्स को पुस्तक में शामिल करने की अनुमति दी, और एडीटिंग, प्रूफरीडिंग से लेकर डिज़ाइन तक में अपना योगदान दिया। आप सभी का बहुत-बहुत धन्यवाद व आभार।

सबसे पहला धन्यवाद ईश्वर को जिन्होंने हमें हमारे सपनों को पूरा करने हेतु ताकत दी।

विशेष रूप से हम अपने माता पिता के आभारी हैं व उनका धन्यवाद करते हैं जिन्होंने बचपन से हमें भरपूर प्यार दिया व आत्मनिर्भर व आत्म विश्वासी बनने में हमारी मदद की कि आज हम जिस काम में हाथ डालते हैं वो सफलतापूर्वक पूरा होता है।

हम अपनी बेटियों, याशवी और काशवी को पुस्तक निर्माण के सभी चरणों में हमें ऊर्जावान बनाए रखने और उनके शाश्वत प्रेम के लिए दिल की गहराइयों से धन्यवाद देना चाहते हैं।

हम अपने दोनों भाई दिनेश और जतिन, सब प्यारे बच्चे व पूरे परिवार का धन्यवाद करते हैं जो सदैव हर कदम हमारे साथ हैं।

हम अपने सभी गुरुओं का दिल से अभिवादन करते हैं जो हमारा लगातार मार्गदर्शन करते हैं, व विशेष रूप से गुरू श्री अक्षर यादव जी को धन्यवाद जो हमारे मार्केटिंग मेंटर रहे हैं और अब लाइफ कोच हैं। जिनकी प्रेरणा और लगातार प्रोत्साहन के बिना यह पुस्तक अस्तित्व में नहीं आती।

हम धन्यवाद करते हैं हमारी RRT टीम, हमारे फैब्रिकेटर ग्राहक, वेन्डर्स जिनके सुझाव, प्रतिक्रिया से इस किताब को हम पूरा कर पाए।

इन सभी के अतिरिक्त हम अपने सारे मित्र, रिश्तेदार व अपने मित्र श्री दिनेश वर्मा जी सी.ई.ओ. पेनडाउन प्रेस और उनकी टीम को भी उनके रचनात्मक सुझाव और सहयोग के लिए दिल की गहराइयों से धन्यवाद देते हैं।

इस पुस्तक की उपयोगिता

हमने इस पुस्तक को उन सभी ट्रेडर्स और खुदरा विक्रेताओं का मार्गदर्शन करने के लिए लिखा है जो स्टेनलेस स्टील के व्यवसाय में हैं या अपना व्यवसाय शुरू करना चाहते हैं। ताकि उनका मुनाफा आसमान छू सके और उद्योग जगत में उनका नाम आदर से लिया जा सके।

इस पुस्तक को लिखने का उद्देश्य हमारे पाठकों में एक उत्साह पैदा करना है और साथ ही उन्हें बहुमूल्य जानकारी भी देना है कि कुछ नजर अंदाज किए गए, परन्तु महत्वपूर्ण क्षेत्रों में ध्यान देकर स्टेनलेस स्टील से जुड़े हमारे व्यापारी पाठक अपने प्रॉफिट मर्जिन को कई गुणा तक बढ़ा सकेंगे।

परिवर्तन अपने आप में

मार्केट में हम अक्सर सुनते हैं या बोलते हैं कि मार्केट डाउन है, धंधा चौपट है। जी.डी.पी. काफी कम है।

ग्राहक नहीं है। काम नहीं है।

देखा जाए तो समस्या मार्केट में नहीं है, समस्या सिर्फ अपने आप में है, हमारे अंदर है। हमारी तरह जो इस इंडस्ट्री में उच्च स्तर पर हैं, उनका धंधा अच्छा चल रहा है। उनके साथ कभी ऐसा नहीं होता कि काम नहीं है।

जरा सोचिये, उस दुकानदार के पास कौन-सा ग्राहक आएगा?

1. जिसकी बॉडी लेंग्वेज ठीक नहीं।

2. जिसका व्यवहार ठीक नहीं।

3. जो हमेशा गुस्से से बात करता है।

4. जो सही से सुनता नहीं, जवाब नहीं देता।

'अगर आपकी ड्रेस सही है, एड्रेस सही है, आपका अपना शोरूम है, दुनिया आपके पास चलकर आएगी।' 21वीं शताब्दी में पुरानी सोच के साथ व्यापार मत कीजिए, खत्म हो गया वह दौर।

यदि आप अपनी दुकान पे ग्राहकों की भीड़ चाहते हैं तो

1. आपकी दुकान खूबसूरत होनी चाहिए। (आपका अपना शोरूम)

2. आपके कर्मचारी अच्छे होने चाहिए।

3. उनका व्यक्तित्व आकर्षक होना चाहिए।

4. उनके व्यवहार, अभिव्यक्त आदि अच्छे होने चाहिए।

''पहले आप बिकते हैं बाद में माल बिकता है'
ग्राहक कीमत नहीं खरीदता व्यवहार खरीदता है।''

सबसे पहले अपने आपको बदलिए, अपनी सोच बदलिए, अपने अंदर आत्म विश्वास लाइए। आज की बदलती दुनिया के साथ, टाईम के साथ बदलो, फिर देखो

''ग्राहक क्या पूरी दुनिया आपकी दीवानी होगी।''

ब्रांड आपकी खासियत

यदि आप अपनी दुकान को ब्रांड नहीं बनाते हैं, तो आपको किसी भी उत्पाद की तरह एक वस्तु (कमोडिटी) के रूप में देखा जाएगा।

ब्रांड वह कंपनी, या प्रोडक्ट होता है जिसकी मार्केट में अलग पहचान है, जो अपने नाम से जाना जाता है। यह नाम, इमेज, लोगों से जुड़ा होता है जो इसको दूसरे उन्हीं की तरह दिखने वाले प्रोडक्ट्स से अलग बनाता है।

ब्राँड बनने से आपकी वैल्यू तो बढ़ती है साथ-साथ ग्राहकों का भरोसा भी आप पर बढ़ता है।

कभी आपने हल्दीराम, रिलायंस फ्रेश, सैमसंग से स्टोर पर जाकर बोला: ये इतना महंगा है, थोड़ा कम कर दो। इन जगहों पर आप सौदेबाजी नहीं करते। वहीं आप किसी हलवाई या किराना दुकान, सब्जी वाले से रेट कम कराते रहते हैं।

अब आप खुद ही फैसला कीजिए: क्या आपको लगता है कि आपकी दुकान ब्राँड है या फिर आप भी दूसरों की तरह भीड़ का हिस्सा हैं।

जब तक आप अपनी अलग पहचान नहीं बनाएंगे तब तक आप रोज ग्राहक की चिक-चिक, धंधा नहीं है कि परेशानी से बाहर नहीं निकल पाएंगे।

और सबसे बड़ी बात: आज आपके बच्चे भी आपके बिजनेस का हिस्सा नहीं बनना चाहते क्योंकि उन्हें आज के जमाने की तरह अच्छा ऑफिस चाहिए, आपकी दुकान पर रोज वही चिक-चिक में वो फंसना नहीं चाहते। तो देर मत कीजिए।

अपनी दुकान, अपने आपको एक पहचान दीजिए।

जब तक आप अपनी अलग पहचान नहीं बनाएंगे, आप इसी भीड़ का हिस्सा बने रहेंगे।

मार्केटिंग

हम व्यापर तो बढ़ाना चाहते हैं पर मार्केटिंग पर पैसा खर्च नहीं करना चाहते। अगर आपकी अपनी दुकान पर सभी तरह का सामान रखा है पर आपकी दुकान के बारे में किसी को पता ही नहीं है तो सामान रखने से क्या फायदा।

व्यापार की शुरूआत करने के बाद उसको सही तरीके से मार्केटिंग करना अति आवश्यक है। मार्केटिंग का मतलब अपने बारे में दूसरों को बताना व अपने यहाँ आमंत्रण करना ताकि सबसे पहले आपका नाम सबके मुह पर आए।

आप मार्केटिंग करने के लिए सोशल मीडिया का उपयोग कर सकते हैं जैसे Facebook, Instagram, Youtube, Twitter, Advertisement, Justdial, Maps, Online Marketing, Newspaper, आदि।

कम समय में और इससे भी आसान तरीका है आपके ग्राहक व आपके जानने वाले, आपके मोबाइल के नम्बर जो कम समय में ज्यादा लोगों तक आपके व्यापार के बारे में ज्यादा लोगों को बता सकते हैं।

शोरूम

सबसे महत्वपूर्ण उपकरण जो आपकी ब्रांड और ब्रिक्री को आसमान छूने में मदद करता है।

ये आपके सामान को आकर्षक तरीके से प्रदर्शित करते हैं ताकि ग्राहक आसानी से देख सके और खरीदारी का निर्णय ले सके।

हमेशा दुकानदार सामान को दुकान में भर कर रखता है कि उसके अलावा किसी को नहीं पता कि सामान कहां रखा है। व वह जब उसे निकालता है तो सामान पूरा गंदा व मिट्टी से भरा होता है। जिससे ग्राहक उन्हें लेने की ओर आकर्षित नहीं होता, कम खरीदारी करता है।

अपने माल को दिखाना भी एक कला है। माल को सही जगह पर, सही समय पर, सही वक्त पर, सही मात्रा व सही क्वालिटी का दिखाने पर ग्राहकों एक अच्छा अनुभव होगा और साथ ही ब्रिक्री भी बढ़ेगी।

अपने माल को प्रदर्शन करने के लिए अपना शोरूम बनाएं-

1. जिसमें श्रेणी के अनुसार उत्पाद को प्रदर्शन करें इससे अन्य उत्पादों के खरीदने की संभावना भी बढ़ जाती है।

उदाहरण जैसे आप मोबाइल फोन खरीदते हैं तो उससे संबंधित उत्पाद जैसे कवर, ईयरफोन भी उसी के साथ खरीदते हैं इससे उस कंपनी की बिक्री ज्यादा होती है।

2. सबसे अच्छी क्वालिटी व कंपनी का सामान ही रखें क्योंकि ग्राहक हमेशा अच्छा ही खरीदना चाहता है।

3. लाइटिंग अच्छी रखे जो ग्राहक को माल की ओर आकर्षित करे।

4. ग्राहक के बैठने की जगह बनाएं।

5. अपनी अच्छी टीम रखें जो ग्राहक की पूरी देखभाल करे।

सोने की खदान आपका ग्राहक

हम सोने की खदान बाहर ढूंढ रहे हैं परंतु हमें यह नहीं पता कि यह तो हमारे घर में ही है। एक कहावत प्रसिद्ध है:

'बगल में छोरा और शहर में ढिंढोरा'।

क्या आप जानते हैं कि आप एक भी पैसा खर्च किए बिना अपनी दुकान पर ग्राहकों की लाइन लगवा सकते हैं और अपनी सेल्स व प्रॉफिट बढ़ा सकते हैं।

आप इस रहस्य को जानना चाहते हैं?

आज हम सब अपना कार्य लगभग पिछले 7-10-15 वर्षों से कर रहे हैं, और हम में से कुछ लोग तो उससे भी पुराने होंगे जो अपने बाप-दादा का काम आगे बढ़ा रहे होंगे।

आपके बहुत से ग्राहक ऐसे होंगे जो आपकी दुकान पर बहुत समय से आ रहे होंगे तो आप मुझे ये बताइए, क्या आपने कभी उन लोगों की लिस्ट (नाम लिखे हैं) बनाई है जो आपकी दुकान पर आ रहे हैं?

आपका जवाब होगा नहीं।

अब आप पूछेंगे, इससे क्या होगा?

अच्छा बताइए, क्या आपके साथ कभी ऐसा हुआ है कि कभी आपका पुराना नाई या मालिश वाला या दर्जी जिसका काम आपको बहुत पसंद था, तो आपको अचानक एक फोन या मैसेज कर दे कि वो वापस आ गया है तो आप बहुत खुश हुए हों कि वो आपको आज भी याद करता है।

जरा सोचिए, अगर आप अपने ग्राहकों के साथ ऐसा कर दें या उन्हें याद कर लें, तो अपनी दुकान पर आमंत्रित कर लें तो वह कितना खुश होंगे और अपने आपको स्पेशल समझेंगे और वो आपसे ही सामान लेना चाहेंगे।

आइए सोने की खदान को एक उदाहरण से समझते हैं।

एक छोटी सी पिज्जा की दुकान है। उस दुकान पर एक दिन एक व्यक्ति गया। उसने दुकानदार से कहा तुम ग्राहक बुलाने के लिए फेसबुक, पोस्टर व समाचार पत्र में विज्ञापन देते हो। यदि मैं तुम्हें एक ऐसा तरीका बताऊँ जिससे कोई पैसा खर्च न हो और तुम्हें ज्यादा काम पहले से ज्यादा मिले तो कैसा रहेगा?

दुकानदार सुनते ही जोश और खुशी से भर गया और तुरंत ही बोल पड़ा: जल्दी बताओ।

आज से जितने भी ग्राहक तुम्हारे पास आएं उनके नाम और नबंर की लिस्ट बनाओ। एक महीने बाद इन सबको अपने नए पिज्जा व ऑफर्स की जानकरी भेजो।

अलग से जो ग्राहक व ऑर्डर आ रहे हैं वो अलग लिखना। यह बताकर वह व्यक्ति चला गया। दुकानदार ने ऐसा ही किया।

कुछ महीनों के बाद वह व्यक्ति फिर आया और उसने पूछा ''काम कैसा चल रहा है?''

दुकानदार बहुत खुशी से बताते हुए कहने लगा, ''पहले से दोगुना लाभ हुआ। लिस्ट के ग्राहक से हमें ज्यादा ऑर्डर मिले। इसके अलावा किसी विज्ञापन पर भी कोई खर्च नहीं हुआ।''

आप भी ऐसे ही लिस्ट बनाएं और अपने ग्राहकों के संपर्क में रहें।

निश्चय ही आपके पास सोना अपने आप बरसने लगेगा।

सही जानकारी व क्वालिटी

क्या आप ग्राहक को सिर्फ पैसे की मशीन समझते हैं? वो अगर एक बार आ जाएं तो उसे जाने न दिया जाए। उससे ज्यादा से ज्यादा पैसे निकलवाएं। क्या आप हमेशा अपने ग्राहक को सही जानकारी देते हैं?

वही माल व क्वालिटी देते हैं जो अच्छा है या जो वो मांग रहा है?

या बताते कुछ और हैं और देते कुछ और हैं? क्या आप ये सोच रहे हैं कि क्या पूछ लिया?

जरा सोचिए, आप बाजार में कपड़े लेने जाएं और दुकानदार अच्छी क्वालिटी दिखाकर आपको लोकल क्वालिटी का कपड़ा दे और पैसे भी ज्यादा ले और वो कपड़ा दो दिन में ही खराब हो जाए, तो आपको कैसा लगेगा?

जाने-अनजाने में हम भी तो अपने ग्राहक के साथ ऐसा ही करते हैं।

हमें लगता है उसको तो पता ही नहीं इसलिए हम उसे झूठी जानकारी देकर व गलत कंपनी बताकर लोकल माल देते हैं व पैसे ज्यादा लेते हैं।

ऐसे में जब उस ग्राहक को पता चलेगा कि उससे झूठ बोला गया है तो एक तो उसका आप पर से हमेशा के लिए विश्वास खत्म हो जाएगा और दूसरा वह आपके पास फिर से कभी नहीं आएगा।

हमारे एक झूठ की वजह से हमेशा के लिए हमने अपना ग्राहक खो दिया।

**ग्राहक का विश्वास जीतिए
माल अपने आप बिक जाएगा।**

जरूरत को समझें, ग्राहक को पहचानें

बहुत से लोग अपना व्यापार शुरू कर लेते हैं पर सामान अपनी मर्जी से रखते हैं।

आपको यह गलती नहीं करनी है क्योंकि आप अपने आपको सामान नहीं बेच रहे हैं, ग्राहक को बेच रहे हैं।

ग्राहक की जरूरत आपको ग्राहक से बातचीत पर रिसर्च करने पर चलेगा और जिस माल की डिमांड ज्यादा है उसकी रेंज ज्यादा रखनी है।

साथ-साथ आप ग्राहक का फीडबैक लेते रहें कि उन्हें आपका प्रोजेक्ट या फिर सर्विस कैसी लग रही है ताकि जिसमें कमी है आप उसमें सुधार कर पाए।

ग्राहक की जरूरत जान कर ही उसको सामान दें। और कितना अच्छा अगर आप अपने ग्राहकं का दिमाग पढ़ सकें ताकि जो और जैसा वो चाहता है आप वो ही सामान उसको पहली बार में ही उपलब्ध करा दे जिससे वो हमेशा आपके पास ही आए।

08

खुश व संतुष्ट ग्राहक

दुनिया में सबसे महंगा ग्राहक ही है। अगर वो खुश होगा तो वो बार-बार आएगा।

अगर आप किसी के माल या व्यवहार से खुश नहीं होते तो आप उस दुकान पर फिर नहीं जाते।

तो जरा सोचिए, अगर आपका ग्राहक आपसे खुश नहीं है तो वो आपके पास वापस क्यों आएगा?

अब बात आती है ग्राहक को खुश कैसे रखना है।

सबसे पहले तो ग्राहक को अपना दोस्त समझिए, अपने परिवार का हिस्सा और उसे बहुत सारा प्यार दीजिए, जैसे आप अपने बच्चे को देते हैं।

आप अपने बच्चों को खुश करने के लिए उनकी सारी बात मानते हैं उसे अच्छा बुरा सब बताते हैं।

क्या उससे आप बदले में कुछ चाहते हैं?

अपने ग्राहक की केयर किजिए, उसे खुश रखिए अपने बच्चों की तरह, उसकी सारी बात सुनिए, उसको सबसे अच्छी सर्विस दें, उनके साथ दोस्ताना संबंध बनाइए।

अगर आपका एक ग्राहक खुश हुआ तो वो अपने साथ 10 और नए ग्राहक लेकर आएगा।

शुरू से अब तक आपको बहुत सारी बातें बताई।

1. सबसे पहले अपने आप में परिवर्तन कीजिए।

2. अपने आपको एक ब्रांड बनाइए, अपनी अलग पहचान बनाइए।

3. अपना शोरूम बनाइए

4. अपनी मार्केटिंग करे, अपने बारे में ज्यादा से ज्यादा लोगों को बताएं।

5. आपका ग्राहक ही आपकी सबसे बड़ी सोने की खदान है।

6. ग्राहक को हमेशा सही जानकारी दीजिए।

7. ग्राहक की जरूरत को समझें

8. अंत में ग्राहक को हमेशा खुश रखिए व उसे अपना दोस्त मानिए।

जिस तरह एक रोड़ दो तरफ डाइवर्ट हो जाती है उसी तरह आपके पास भी दो रास्ते हैं।

1. पहला आपने इस किताब के माध्यम से जितना सीखा उसे अपनाइए और अपना प्रॉफिट बढ़ाइए।

2. दूसरा आप हमसे जुड़ें। अगर आप को कहीं पर कोई बात समझ नहीं आई तो आप हमसे मिलें, हम आपका हाथ पकड़कर आपको सब कुछ बताएंगे व कराएंगे।

इस किताब में जितनी बातें हैं। उसके अलावा बहुत सी ऐसी बातें हैं जिन्हें अपनाकर आपका जीवन बदल जाएगा। आपका प्रॉफिट बढ़ जाएगा व आप बहुत खुशी-खुशी अपना काम करेंगे।

हमसे मिलने के लिए इस नंबर पर संपर्क करें।

मो.नं. 8130172244, 8130162244

हमारी पूरी टीम हमेशा आपके लिए आपके साथ है।

राधा रमन ट्रेडर्स

आपसे मिलने के इच्छुक......

आभार के साथ प्यार भरा नमस्कार।

सी.ए. शालू गोयल
मनदीप गोयल

NOTES:

NOTES:

NOTES:

NOTES: